KB112517

아이들은
즐겁다

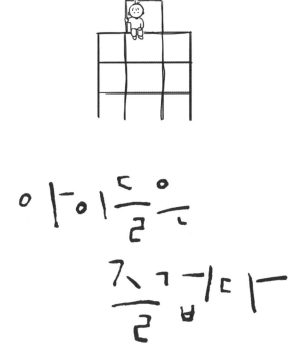

아이들은
즐겁다

ㅂ이아ㄱ
ViaBook Publisher

작가의 말

학창 시절에는 가끔 농담으로 "아, 어릴 때로 돌아가고 싶다. 그때는 정말 근심 걱정도 없고……" 하며 막연하게 어린 시절을 동경하곤 했는데, 웬걸. 지금에 와서 유년 시절을 되짚어보니 "그렇게 행복하기만 했었나" 하고 갸우뚱하게 되는 사건들이 곳곳에 숨어 있습니다. 그런 작은 순간들을 그러모아 보고자 한 것이 《아이들은 즐겁다》의 출발점이었습니다.

이야기의 배경은 1990년대로, 작중 다이와 같은 시대에 유년기를 보낸 독자분들이라면 이야기의 요소요소가 더욱 반가웠을 것이라 생각됩니다. 다른 세대의 독자분들에게도 이야기가 즐겁게 읽혔다면 반가울 것 같습니다. 개인적으로 더 욕심을 부려 어느 한 시대에 대한 묘사로 그 시대 이야기를 남기는 데 제가 일조했다면, 그 또한 이 만화를 그린 의의가 될 수 있겠지요.

어릴 때 혹은 한때라도 만화나 영화, 책을 깊이 접해본 적이 있다면 누구나 마음 한구석에 어쩐지 가슴이 저릿해오는 소년이 있을 것이라 짐작해봅니다. 저의 경우, 이 만화를 그리기 전에는 《生의 이면》(이승우 저)의 박부길이 그 소년이었지요. 이 책을 본 후 혹여나 독자들의 마음에 '다이'가 그러한 소년 중의 하나로 기억된다면 창작자로서 더할 나위 없는 영광일 것입니다.

《아이들은 즐겁다》는 제 데뷔작이고 첫 정식 연재작입니다. 포털사이트 네이버의 '도전 만화'에서 시작하여 '베스트 도전', 정식 연재를 거쳐 어찌어찌 정신없이 달렸더니 지금은 단행본 서문을 쓰고 있네요. 만화를 시작해서 지금까지 그리는 동안 깨달은 것이 하나 있습니다. 사람은 생각보다 작고 하찮은 존재라, 자기 혼자 잘해서 잘되는 일은 하나도 없다는 것입니다. 그 유기적인 도움을 주었던 사람들에는 이 책을 만드는 데 있어 성심성의껏 힘써준 출판사, 만화를 연재하는 동안 지면을 빌려준 네이버, 그리고 가장 중요한 독자분들이 있지요. 봐주는 사람이 없다면 만화는 숨을 쉴 수가 없습니다. 만화가도 당연지사고요. ^^~

지루한 서문을 읽어주셔서 감사합니다(정작 저는 책을 볼 때 본문만 읽는 사람이지만요).
앞으로 이어질 이야기도 잘 부탁드립니다.

허5파6

차례

〈일러두기〉
인물 간의 대화 내용 중, 맞춤법 표기 원칙에는 어긋나나
아이들의 입말 표현을 잘 나타낸 것들은
본래 의도를 살려 표현하였습니다.

01 내 이름은 다이

내 이름은 다이.

오늘부터 학교에 간다.

작은엄마와 함께.

헹, 늙어빠진
아줌마들뿐이군.

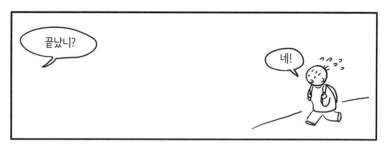

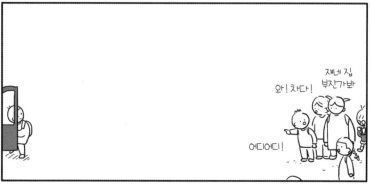

다녀왔습니다~

어, 아빠?

아빠, 주무세요?

드르렁 드르렁

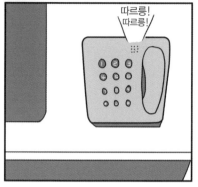

애! 너, 선생님이 앞으로 나오래.

쟤 엄청 늦게 왔어!

날라리인가…?

흠…
이제 온 거니.

잘못했습니다…

…

그래…

생활기록부

그래도, 지각하면 안 된단다.

네…

아빠
다녀오셨어요?
알림시계 8시에
맞추어주세요.
감사합니다.

꿀밤이다!

민호는 애들하고 진짜
잘 노는 것 같아.

그러게.

...

?

아, 그만하랬지!
학원 가야 된단 말이야!

다이네 동네

앞으로 행사가 종종 있을 텐데요, 혹시 학부모회 임원으로 자원해주실 분 계신가요?

시아 엄마입니다, 제가 한 말씀 드려도 될까요?

요즘은 어머님들도 다들 바쁘신 걸로 압니다. 아시다시피 학교 행사를 치른다는 게 간단한 일은 아니에요.

그래서 반장, 부반장을 맡고 있는 저와 안경이 어머니가 반 대표를 맡아 봉사하고자 하는데…

괜찮으시겠지요? 아! 그리고 녹색어머니회 등 다른 부분에서도 어머님들의 참여가 꼭 필요합니다.

…

짜고 치는 고스톱이구먼.

다음 날.

아~ 이 새X 이거 아까부터 계속 얍삽이 쓰네.

야! 건너편 새X! 면상 좀 보게 좋은 말 할 때 나와라.

이거 무슨 중늙은이가 나왔어.

어이, 형님. 누군 얍삽이 못 써서 안 씁니까?

민수야. 그만해라.

우리 엄마 아는 사람 아들인데, 고시 공부하는 형이야. 그냥 없던 일로 하자.

그리고 시험 붙으면 우리한테 복수할지도 모르잖아…

하!

엄마가 어릴 땐 개구리가 엄청 많았어. 자려고 하면 냇물에서 개굴개굴~ 소리가 들렸지.

쟤네가 커서 청개구리가 됐음 좋겠다! 청개구리 예쁘잖아.

물을 갈아줄 때는 수돗물을 받아서 하루나 이틀 뒀다가 주는 거야.

왜?

올챙이가 원래 살던 물이랑 수돗물이 많이 달라서 올챙이가 놀랄 수도 있거든.

그렇구나~

조심히 가렴.

내일 또 올게~ 엄마 안녕~

너네도 오늘 피곤했지? 잘 자렴~

일주일 후.

헤!
물 갈아줘야겠다!

으앗!

안 돼!!

엄청 많았는데…

철컹

…

녹음이 짙어져오는
계절입니다…

날 밖에 내다 버린
이유가 뭐야?

니… 니가 다른 올챙이들을
다 잡아먹어 버렸잖아!
너는 괴물이야!

그건 네가 물을 제대로
갈아주지 않아서야.

그런데도 나만
나쁘다고 할 거야?

너도…

아니야! 아니야!

미안…

식사는 좀 괜찮으셨어요?

이 씨는 오늘 밤 쩌 식당에서 지낼 건가부지?

안 나오는 걸 보면 말여.

젊은 게 좋긴 좋아~ 그지?

어이구?

모르는 소리 말어. 정 여사가 월급날 냄새를 맡고 저러는 거지.

글치~?

근데 쩌 젊은 사람이 이 씨였어? 김 씨 아녔어?

그런게 뭐가 중요하당가.

100

너한테서 우리 아빠 냄새 난다!

양호선생님이 파스 뿌려줬어. 파스 냄샌데?

놀다가 삐끗했거든.

근데 우리 엄마는 붙이는 파스 붙인다. 우리집에 그거 엄청 많아.

너네 아빠도 그래?

선생님 오신다~~

선생님이 잘라둔 카네이션 꽃잎을 노란 동그라미에 붙이는 거예요~

친구의 얼굴을 그려보아요

113

딩동딩동

수경이 왔ㄴ…

엄마, 안녕~

안경!
잘 지냈어?

응.

형이 신문물을 가지고
왔지. 너 가져.

뭐야!
숨긴 거 내놔봐.

이거 수경이가 준 거지? 다음에 수경이 올 때 돌려줘. 게임하는 모습 보이면 엄마가 바로 압수할 거야, 알았어?

네…

그리고 엄마가 학교에서 오자마자 가장 먼저 해야 할 일이 뭐라고 했지?

오늘 배운 거 복습하고 예습하기.

한 시간 뒤에 학원 갈 준비도 미리 해놓고.

…

어, 안경님! 어디가십니까~

어디 가?

학원 가는 겨?

학원 가니?

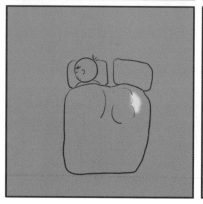

126

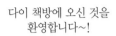

다이 책방에 오신 것을
환영합니다~!

에헴에헴,
오늘은 어떤 재밌는 책이
들어왔나요~?

…

이건 빌려 가서
봐야지.

나 그 책 읽었는데,
재밌다?

…

131

이제 학원도
금지야!

아무 일도
없었어.

휴… 아무튼.

요즘 나쁜 놈들은
얼굴에 나쁜 놈이라고
안 써 붙이고 다녀.

이렇게
생긴 놈도,

이렇게
생긴 놈도 무조건 조심,
또 조심이야. 알았지,
시아야?

알았어.

우리 시아는
공주같이 예뻐서
걱정이야…

안녕히
주무세요…

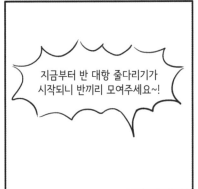

150

155

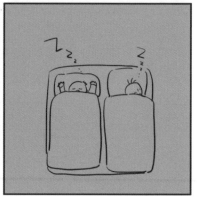

159

제작 일지 1

안녕하세요, 허5파6입니다. 그동안 《아이들은 즐겁다》를 어떤 식으로 그려왔는지에 대한 이야기를 해보려고 합니다.

극 초반에는 콘티를 짜지 않았고, 각 칸에 들어가는 대사나 주요 상황을 생각해두는 정도였습니다.

어쩌고

저쩌고

나머지는 누워서 생각할까.

ZZZ…

베스트 도전 만화로 승격된 후에는 본격적인 콘티 작업을 시도했었습니다.

카페에서 작업이라, 음, 멋져(?)

그러나

뭐여, 이거 콘티 그림이나 본 그림이나…

두 번 그리는 느낌인데, 이거.

라는 이유로 무산되었고,

분명 차이는 있었으나 게으름이 문제였다.

이후에는 글 콘티를 사용합니다.
(예 : 19화 1부)

(재연)	
다이 책방에 오신 것을 환영합니다	에헴에헴 오늘은 어떤 책이 들어왔나요
먼지 탈탈	이건 빌려 가서 봐야지(아리)
나 그 책 읽었는데, 재밌다?	하하 호호 시야는 쩌릿 쩌릿

그래서 이때의 원고는 글이 말풍선 안에 비교적 꽉꽉 들어차 있게 됐지요.
(대사 → 말풍선 그리기)

48화 中

극 후반에도 몇 번 콘티를 짜는 과정을 넣었으나 또 게으름에 옛날 방식으로 되돌아갔습니다. 각 분기마다 칼같이 방법을 달리했던 것은 아니지만 제 기억상 이와 같은 과정들을 거쳐 《아이들은 즐겁다》가 만들어졌습니다.

으잉? 왼손재비냐?

못써. 밥 먹을 땐 오른손을 써야지.

네…

…

밥 먹고 바로 누우면 소 된다!

히잉…

학교 공부 하는 겨?

그냥 책 보는 건데요…

165

남자는 양복을 입을 때마다 그 날을 떠올렸다.

처음으로 아내의 가족에게 인사를 갔던 날.

아내는 자신의 부모 앞에서 내내 고개를 들지 못했다.

아내의 부모도 그와 같았다.

그러나 기실 그런 것쯤 남자에게는 아무렇지도 않았다.

옆에 앉아 있는 여자가
자신이 현재 사랑하는 여자인지,
여자가 안고 있는 아이가
자신의 아이가 맞는지,

그런 것에 대해
문제 삼지 않았다는 말이다.

그저 챙겨야 할 입이 늘었으니
더욱더 열심히 살아야 할 일이었다.

남자와 여자는 공장에서 만났다.

사람이
아주 진국이야.
좀 과묵한 게 탈이지만,
하하!

이쪽도 얌전한 게
둘이 딱 맞겠네!
호호호~

다만 위 두 사람의 평가는
외면에 그친 것.

남자의 만성적인 우울함,

여자의 히스테릭한
섬세함 때문에

몇 년간 이어진 관계는
흐지부지 끝나고 만다.

남자가 여자를 다시 찾게 된 것은
사건이 터지고 난 뒤, 수개월 후였다.

요즘 ㅇㅇ씨
안 나오고 있지?

사장 아들한테
결국 몹쓸 짓을
당했다나봐.

그놈 그거
전부터 그렇게
추근대더니…

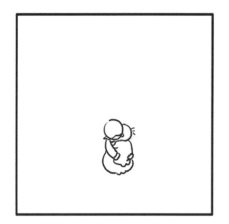

시골에서 열흘은 금방이야.

사과도 좀 가져가거라.

할아버지, 무거워~!

겨울방학에 또 올게요.

그랴~

야!

넌… 왜, 인사도, 안, 하고 가냐?!

헉헉

늦은 밤.

수상한 놈들이 보이는가?

이상 없습니다!

넵!

그렇다면 해산!

유진아, 뭐해?

그림 그려.

와, 만화책하고 완전 똑같아. 나도 초사이언으로 그려줘.

알았어, 좀만 기다려.

나는 그럼 할아버지랑 여름이한테 편지 써야지~

여름이?

몇 편에 나오는 초사이언을 그릴까…

시골에서 만난 여자애야.

얼레리꼴레리~ 여자애한테 편지 쓴대요~

다음 날.

197

다음 날.

민호야~
이쪽으로
와봐.

아줌마가
다이한테
민호 이야기
많이 들었어.

다이가 제일
좋아하는 친구가
민호라고
하더라.

저는
원래부터
혼자 있는 거
진짜
싫어해서요,

친구도
엄청
많고요,
친구들 다
좋아해요.

그래도 다이랑은 커서도 오래오래 놀 거예요.

그 말이 아줌마는 제일로 고마워.

아줌마, 저 그럼 뭐 하나만 해봐도 돼요?

어엇!

그거 하면 안 되는데… 엄마 건데…

괜찮아, 다이야.

웅…

끝나고 유진이네 가보자.

그래.

'여류 작가'가 뭐야?

여자 작가를 여류 작가라고 하는 거야.

왜 여류라고 해? 작가면 작가지.

내 책방에다가 아리가 쓴 책 갖다 놓으면 되겠다!

하하 호호

유진이 표정 안 좋았지?

응...

딩동댕동~ 댕동딩동~

응? 왜 이렇게
사람들이…

교통사고였다지,
아마…

저런…

병원으로 옮기던 중에
돌아가신 건가?

즉사
였다나봐…

죽사가
뭐지?

차주가
재벌급이라던데…
보상금은 솔찮히
나올 거라던데…

그래서
가족들이 애
데려가려고 혈안이
된 건가?

민호야,
가자.

유진이네 할머니,
돌아가신 걸까…

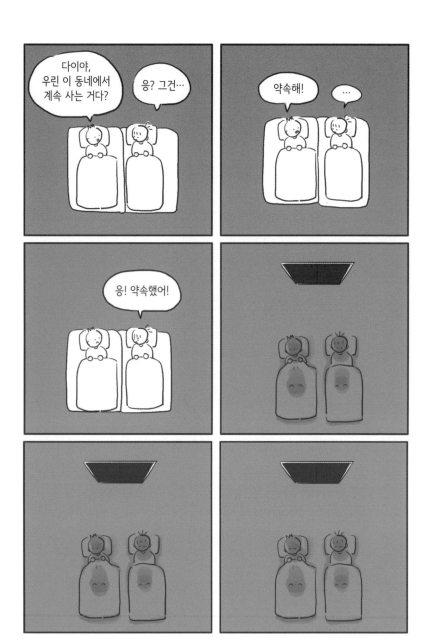

다음 날.

헤헤.

다이야, 너 반장선거 나가?

엥? 아니아니~?

다행이네. 그런 거 하면 엄마들 아침마다 와서 녹색어머니 해야 된대.

아, 응.

그리고 가끔 가다 맛있는 것도 쏴야 할걸.

헤…

무슨 얘기 해?

그냥~

짝짝

짝짝짝

보호자분,
잠시만…

보셨듯이
환자분 상태가
좋지 않습니다.

마음의 준비를
해두시는 것이
좋을 듯합니다.

고비는
넘긴 것
같아요.

돌아가서
쉬셔도 될 것
같습니다.

아... 아빠!

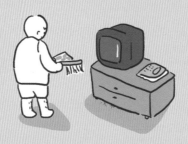

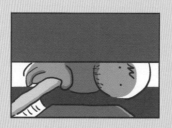

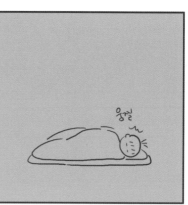

유치원이 열렸다~
딩동댕~

언제나~
즐거운 내 친구~

딩동딩동
딩동딩동
댕~!

다이 김밥가게
열렸습니다~

아이구, 참
맛있겠네요~

네, 뜨거우니까
안쪽 김밥부터
드세요.

으와~

철커덩!

아빠?!

저벅저벅…

…

아니야~
아니야~

아빠는
늦게 와~

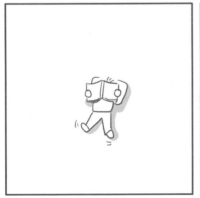

…

철커덩!

끼이익

아빠다!

아빠!

어?!

야!

너, 여기서, 뭐해?

제작 일지 2

아무튼 《아이들은 즐겁다》는

의 흐름을 타고
정식 연재가 된
작품이기 때문에,

그중 하나는
소외된 아이와
그 불행에 대해
집중 조망하는
어두운 이야기였고,

정식 연재 시작 전에 이야기는
거의 완성형이었고,

웹 버전 '후기'에서 밝혔듯이
사실 《아이들은 즐겁다》에는
여러 갈래 길이 있었습니다.

그리고 또 하나는
지금과 같은 전개
였으며, 명확하게
두 가지 경우의 수만
있었던 것은 아닙니다.

그래!
결심했어!

애처럼 어느 화를
기점으로 갑자기
이야기의 모든
선로를 튼 것은
아니었습니다.

저는 가끔 《아이들은 즐겁다》
인터넷 정보 페이지를
염탐합니다.

이거
뒷이야기
에서
다뤄야
겠다…

이렇게 글이 글로 오해를 낳는 게 싫어서 아예 '후기'를 쓰지 않으려
했었는데, 엎질러진 물이 되었네요. ㅠㅠ 얽매이지 마시고 모쪼록
자유롭게 즐겨주세요. (제일 얽매이는 건 저이지만요.)

그중 잘못된
정보가 있어서,
(물론 세세하게
적혀 있어서
감동받은 게
먼저입니다. ㅠㅠ)

사실 연재
중에는
제 만화의
순위가
어느 정도였는지
알지 못했습니다.

순위순으로 들어가려면
손이 너무 힘들어서
직링을 해뒀기 때문이죠.

좀
유명해지면
수정이
될 지도…

그래서 리플을
볼 때마다 순위를
짐작할 수 있었는데,

많이
내려갔나
보네.

그래,
언젠간!!!

←이라는 생각을
했었으나,

현재 시점으로 완결에
후기까지 거쳤지만
이루어진 것은 없었다고
합니다.(인기도, 수정도.)

순위가 왜
이렇게 낮아진
거죠! ㅠㅠ!!

내…내가
못나서 !!!

하고 독자분께 죄송했지,
사실 저는 그렇게 신경 쓰이지
않았습니다요.

44 다음에 또 올게

엄마!

웬일로 아빠랑 손을 잡고 들어와?

아빠랑 잘 지내는 것 같네?

응!

말씀드렸지만, 이제 더 이상 수술은 효과가…

애! 못써!

와아-!

돈은 굳었다만…

그럼 이어서 ○○씨의 안타까운 사연, 말씀해주시겠습니까?

그 날은 무뚝뚝하던 어머니께서 웬일인지 저한테 잘해주셨어요. 목욕탕도 가고 놀이공원도 갔지요.

…정신을 차리니 저는 혼자였고,

그 후로는 고아원을 전전하는 생활의 연속이었습니다.

오늘 이 자리에 어머니가 계실지…

○년 만의 모녀 상봉…

음식이 나오면 재깍재깍 먹어라.

예전에 부모님이 사인해주신 거 있음 가져와.

어른이 쓴 것 같아.

와! 똑같다!

야, 나 예쁘지 않냐?

예, 예뻐요…

여자가 예쁘면 장땡 아니냐?! 엉?

왜 저러지…

누나, 저도 물어볼 거 있어요.

뭔데?

다음 날.

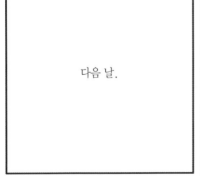

포 다음에
흥…

ㅅ…스,
터…

…큰일 났다!

다음 날.

괜찮을까,
걔네는…

아, 그래!

이 사전
보여주면
애들도 말을
듣겠지.

이게
뭐야?!

이거
피 아냐?

새끼도 다
없어졌어! 얘가
다 죽였나봐!

으아,
무서워~!

비켜!!

악!

안경이 말이 아주 조금은 맞아.

시아는 정말 몰랐던 거야. 햄스터에 대해서.

그리고 안경이가 얼마나 햄스터를 아끼고 관심을 가졌는지.

대부분의 싸움은 그렇게 서로 잘 몰라서 생긴단다.

시아가 정말로 슬퍼하는 걸 몰랐기 때문에 안경이는 심한 말을 해버린 거구.

어려운 이야기였지만, 안경이가 잘 생각해 보면 이해할 수 있을 거야.

네…

"내가 심한 말로 너의 마음을 아프게 해서 미안해."

"내가 무턱대고 너의 말을 무시해서 미안해."

오늘 서로에게 한 사과의 말을 앞으로도 잘 간직하기로 해요. 알았지요~?

네! 네! 네!

엄마 아빠가
무슨 말을
했었지?

??? ???

...

??? !??
!!?

아빠아~

뭐하고 놀았어?

아무것도

356

알았어.

자기 혼자 착한 척은 다 하더니.

웃기는 놈이네.

하하하.

그날 저녁.

왜 만 원밖에 안 주냐?

예?

저희 진짜 만 원밖에 안 뺏었거든요…

토 다냐?

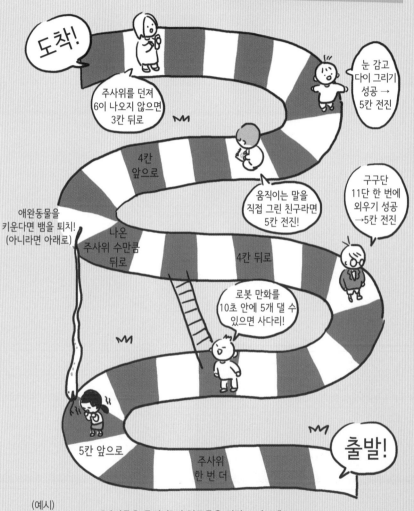

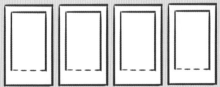

왜 불도
안 켜고…

아빠가
로보트 만들어
주는 거야?!

왜 벽에 혼자
그러고 있어.

그냥.
화가 나서.

애들은
참 좋겠어요.

연일 야근하다가
오랜만에 집에서
쉬려니까 아내는
애들하고 놀면서
쉬라네요.

저 나이 때 애들은
무슨 근심이 있겠어요.
그저 마냥 즐겁기만
하지…

오랜만에 햇볕 보려니
덥긴 또 왜 이리
더워…

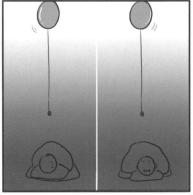

뭐야? 식물 안 쓰고 곤충 썼어?

어떻게 이런 생각을 했지?

부끄러워 얼른 줘~

그런데 이렇게 해도 돼? 교과서에 나온 식물로 해야 할걸?

에?

아냐! 괜찮을 것 같은데?

봐! "'생물'을 관찰하고 자유롭게 일지를 쓰세요."잖아.

너 괜히 쟤랑 친하니까 편드는 거지?

뭐야? 그건 너나 그렇지!

391

어떻게 이 일을 배울 생각을 했어, 그래?

안정적인 일을 하는 게… 애한테 더 좋을 것 같기도 하고요.

그래, 요즘에 애기하고 부쩍 좋아 뵈더만?

그냥 뭐… 애가 예쁜 짓을 하더라고요.

보기 좋아.

참 잔인하지 않나.

아이도 예쁜 짓을 해야 사랑받을 수 있다는 게…

자네를 꾸짖으려는 건 아니었네. 괜한 소리를 했어.

난 그럴 때 대충 엄마, 아빠, 나, 이렇게 그려버려.

어차피 전학 간 거라 애들도 모르거든.

암튼 가족 그리라는 게 제일 싫어. 그치 않냐?

맞아.

그때 여름

다이 안녕~

학부모 상담은 돌아가면서 하는 거니 편하게 이야기해요~

네~

그동안 선생님이 다이 일기장을 봐왔어요~

최근에는 다이가 아버님이랑 많이 친해진 것 같은데…

아버님이 다이에게 약간 관심을 써주지 못한 시기도 있었던 것 같아. 맞니?

그래서 선생님은 조금 걱정이 돼. 혹시 아버님이 다이에게…

치! 선생님은 알지도 못하면서.

무슨 일 있으면 선생님에게 꼭 꼭 말하고…

다이아…

여기서 누나랑
좀 기다리고 있어.
알았지?

좀이
뭐야?
얼마나
기다려?

고생 많았소…

미안하오.

지금이라도 아이를 불러올까.

종신 자식이
진짜 자식이라는데…

너무 어린 나이 아닌가.

결정을 맡기는 것도
안 될 말이다.

14시 33분…

끝났다,
다 끝났어…

다리가 벌어지지 않도록 이렇게 꽉 잡아주셔야 합니다.

벌어진 채로 굳으면 안 되니까요

아빠!

나를 용서해줘 …!

이 행위는 꼭 참회의 의식 같았다.

힘들어? 내가 도와줄까?

보호자분, 잠시 장례 절차에 대해서…

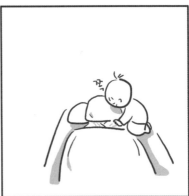

…그래. 네 말대로 여러가지 해야 할 일이 있어.

하지만 그런 것들은 네가 모르고 지나가길 바랐다.

아빠 부탁 하나만 들어줄 테냐?

들어줄 테다~

아까 말했던 것처럼 아빠는 다시 병원에 가봐야 해. 너 자는 동안 나갈 거야.

잘 있을 수 있지?

웅~

아빤 왜 옷 그대로지?

빨리 나가려고 그러나보다!

아빠…

나 지금 슬픈 것 같아!

다이 이제 엄마 보고 싶으면 어디서 봐?

친구들이랑 놀지 말걸! 엄마 보러 갈걸…

엄마가 그동안 다이한테 편지 쓴 거 여기 다 있다!

내일 일어나서 아빠 기다리면서 읽어. 응?

금방 다시 올게!

알았어어~!

다이 자면 안 되는데 자꾸 잠 오잖아! 어떡해!

아빠 볼일 다 끝나면 재밌는 곳도 데려가고 맛있는 것도 사줄게…

훌쩍 훌쩍

그나마
얼결에
임종 복장은
갖추었어.

"다이를 위해
엄마가 쓴 동화"

눈을 뜨면 하얀 곳.

그곳에는 커다란 문과.
한 그루의 나무와
천사님.

"이 종이를 받으세요."

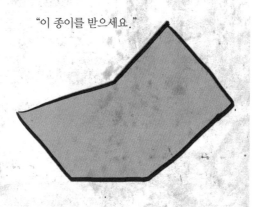

"그리고
이생에서 당신을 가장 아프게
했던 것이 무엇이었는지
쓰십시오."

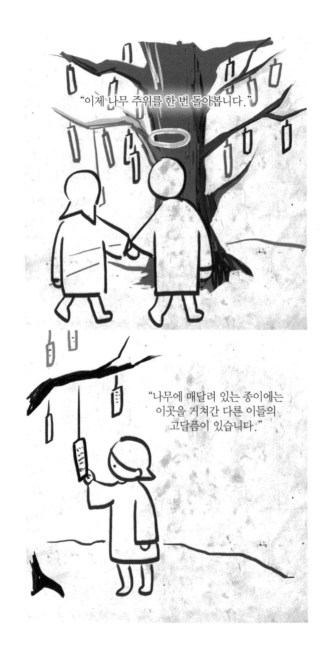

"이제 나무 주위를 한 번 돌아봅니다."

"나무에 매달려 있는 종이에는
이곳을 거쳐간 다른 이들의
고달픔이 있습니다."

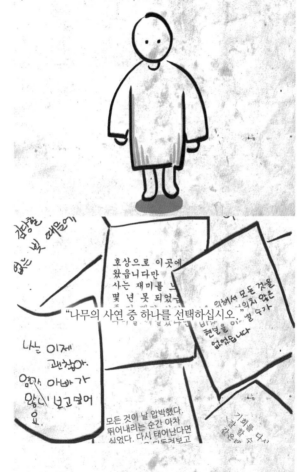

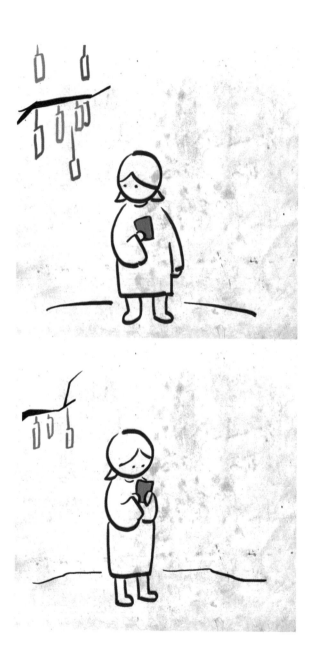

"당신은 이전의 고통스러운 삶을
다시 한 번 선택하였습니다.
후회하지 않겠습니까?"

"매일 부서질 것만 같이
아팠던 몸의 고통보다도,
그 예쁜 아이를
몇 번 안아보지도
못한 것이
저에게는 더한
설움이었습니다."

다이야,
사랑해

아이들은 즐겁다

지은이 | 허5파6

초판 1쇄 발행일 2014년 6월 13일
합본판 1쇄 발행일 2017년 7월 3일
합본판 3쇄 발행일 2019년 11월 11일

발행인 | 한상준
편집 | 김민정 · 박민지 · 강탁준 · 손지원
디자인 | 김경희 · 조경규
손글씨 | 김민경
마케팅 | 강점원
종이 | 화인페이퍼
제작 | 제이오

발행처 | 비아북(ViaBook Publisher)
출판등록 | 제313-2007-218호(2007년 11월 2일)
주소 | 서울시 마포구 연남동 567-40 2층
전화 | 02-334-6123 전자우편 | crm@viabook.kr
홈페이지 | viabook.kr